ERRATA.

PAGE 3, ligne 10, au lieu de *en déroute*, lisez *égarés*.

—— 27, l. 25, au lieu de *ame*, lisez *esprit*.

LA FRANCE SAUVÉE,

OU

L'USURPATEUR DANS L'ILE S.TE HÉLÈNE.

A SAINT-GERMAIN-EN-LAYE,
De l'Imprimerie de J.-M. FOIRESTIER, rue de Paris.

LA FRANCE SAUVÉE,

OU

L'USURPATEUR DANS L'ILE S.TE HÉLÈNE.

POËME.

Par M. N. S. Martin.

Infandum, Regina, jubes renovare dolorem;
Trojanas ut opes et lamentabile regnum
Eruerint Danaï; quæque ipse miserrima vidi,
Et quorum pars megna fui. Quis, talia fando,
Myrmidonum, Dolopum ve, aut duri miles Ulyssei;
Temperet à lacrymis? (Eneid, Virg.)

Reine, de ce grand jour faut-il troubler les charmes,
Et rouvrir à vos yeux la source de vos larmes?
Vous raconter la nuit, l'épouvantable nuit
Qui vit Pergame en cendre et son règne détruit;
Ces derniers coups du sort, ce triomphe du crime
Dont je fus le témoin, hélas! et la victime.
O catastrophe horrible! ô souvenir affreux!
Hélas! en écoutant les récits douloureux
D'Ulysse et de Pyrrhus, auteurs de nos alarmes,
Quel barbare soldat ne verserait des larmes!

Delille.

A PARIS,

CHEZ LES MARCHANDS DE NOUVEAUTÉS.

1816.

ÉPITRE DÉDICATOIRE.

A son Altesse Royale MONSIEUR, Frère du Roi, Colonel général des Gardes Nationales de France.

MONSEIGNEUR, MON PRINCE,

ATTACHÉ, par une fidélité constante et invariable, à l'antique et vertueuse Dynastie, qui, depuis plus de huit cens ans, fait la gloire et le bonheur de la France; frappé d'une juste indignation à la vue d'un usurpateur qui fut assez audacieux pour ceindre la couronne sans tache, j'ai eu, MONSEIGNEUR, *la témérité de gravir le rocher de l'Hélicon, pour dilater un cœur vainement comprimé. C'est avec l'espoir d'obtenir l'indulgence d'un Prince adoré des Français et chéri des Muses, que j'ai essayé de peindre sous les couleurs les plus véritables cet homme ingrat, traître et parjure.*

Les ombres des victimes innombrables que le tyran a immolées à son ambition insatiable et à sa férovité vengeresse, paraissent dans l'île Sainte Hélène, trop généreux repaire où l'ont relégué les magnanimes Potentats de l'Europe. Ces ombres déroulent à ses yeux encore enivrés de sang, le tableau des monstrueux forfaits dont le Néron moderne a souillé une partie de ce vaste hémisphère, et sur-tout mon infortunée patrie.

Daignez, MONSEIGNEUR, *agréer cette faible production comme le sincère hommage d'un cœur dévoué, et de mon attachement sans bornes aux* ILLUSTRES DESCENDANS DU GRAND HENRI. *Puisse* SON ALTESSE ROYALE, *en jetant sur ce Poëme un coup-d'œil indulgent et favorable, me permettre de lui en offrir la dédicace, et me gratifier de sa haute bienveillance.*

J'ai l'honneur d'être avec le plus profond respect,

MONSEIGNEUR,

De Votre Altesse Royale,

Le très-humble et très-obéissant serviteur,

MARTIN,

Sergent-major des Grenadiers de la Garde Nationale de St.-Germain-en-Loye. (SEINE ET OISE).

LA FRANCE SAUVÉE,

OU

L'USURPATEUR DANS L'ILE S.te HÉLÈNE.

Un Etat florissant, en butte aux factions,
Être un objet d'horreur aux autres nations;
Un grand Roi, des vertus le plus bel assemblage,
Tomber sous le couteau d'un faux Aréopage;
Une guerre au dehors, le massacre au dedans,
Porter la mort, le deuil en des climats riants;
Hélas! et trop long-temps, telle fut ma patrie;
Tels furent les malheurs d'une affreuse anarchie;
Mais, pour sécher les pleurs que d'horribles bourreaux
En France ont fait couler, la couvrant de tombeaux,
Voir sur le trône assis un homme, un tigre immonde,
Fut, pour un bon français, une douleur profonde;
D'ouïr même son nom, j'éprouvais tant d'horreur,
Que chaque fois mon sang bouillonnait de fureur.

Dans ses brillants succès, dans ces temps où Bellone
Semblait de ce brigand affermir la couronne,
Ma plume véridique, au péril de mes jours,
Proclamait ses forfaits ; ferme dans mes discours,
Contre l'auteur des maux qui pesaient sur la France,
Du ciel, ah ! j'invoquais l'éclatante vengeance ;
En fidèle français, j'appelais à grands cris
Nos Princes désirés et le retour des lis.
Enfin du trente-un mars, sainte et digne journée,
Tu rends au vrai bonheur la France infortunée !
Il abdique cet homme étranger à l'honneur,
Sans aucun droit au trône, ingrat, usurpateur (1),
Cet homme dont le nom eût été magnanime,
S'il eût rendu le sceptre au Prince légitime ;
Il abdique..... à l'instant l'horison s'éclaircit,
Le calme enfin renaît, et le bonheur sourit.
Louis, des bons français déjà séchait les larmes,
Et de la douce paix chacun goûtait les charmes ;
L'accord, la bonne foi, le commerce en vigueur,
De l'antique âge d'or, étaient l'avant-coureur.
Mais, de son antre affreux, notre tigre en furie
S'échappe, et dans le deuil plonge encore ma patrie.
Des soldats..... des français.... rebelles à l'honneur,

Se livrent lâchement à l'homme usurpateur.
D'un sang pur, innocent, Louis toujours avare,
Louis, père du peuple, à regret s'en sépare.
A ce drapeau sans tache, à ce panache blanc,
Succède l'étendard du crime encore sanglant.
A l'ordre est la terreur : déjà l'aigle féroce
Par-tout sème la mort avec sa griffe atroce ;
Enfin à Waterloo, cet insigne brigand,
De ses forfaits reçoit le juste châtiment ;
Ses soldats en déroute, tout écumans de rage,
Lâche, il les abandonne ! à l'aspect du carnage
Il fuit, et dans Paris où son nom fait horreur,
Il ose, le bourreau, se montrer en vainqueur.
Le prestige est détruit..... ô juste destinée !
Bientôt l'heure fatale en tous lieux est sonnée.
De ces corps expirans, il devait se couvrir ;
Brave, il eût succombé ! lâche, il craint de mourir !
En vain pour se cacher à ma patrie outrée,
Cherche-t-il un abri dans une autre contrée !
En vain pour échapper aux coups du sort vengeur,
Sur le vaste océan fuit l'infâme oppresseur !
Pour le frapper, l'Europe est debout toute entière,
L'Europe, avec raison, veut son heure dernière.

A peine est-il en mer, le vaisseau de haut bord,
Que, cerné de trop près, il regagne le port;
De tous côtés pressé, le tyran, sans courage,
S'embarque (il en est temps); dans l'excès de sa rage,
Il implore l'appui d'un peuple hospitalier;
Bientôt il est saisi cet homme aventurier.
Ce héros prétendu, suppôt de la bassesse,
Déchu de sa fierté, succombe à la tristesse.
Des larmes sur son front suant encor le sang,
Pour la première fois, coulent abondamment.
Que penser de tes pleurs, tigre à figure humaine?
Du repentir, serait-ce une marque certaine?
Et faut-il bien en croire à ta feinte douleur?
Non, non, ce sentiment n'entre pas dans ton cœur,
Cruel, qui contemplais d'un œil sec, insensible,
Ce champ, couvert de morts, à nos regards, horrible!
De ses honteux forfaits, était-il repentant,
Celui qui se baignait dans des fleuves de sang,
Et qui se complaisait, dans un jour de carnage,
A repaître ses yeux de cette affreuse image;
Qui riait à l'aspect de l'homme étendu mort,
Et qui, de ses coursiers, plaignait le triste sort?
Mis hors de toute loi, cet être Cannibale

Allait enfin tomber sous la hache fatale,
Espoir consolateur des malheureux français;
Mais la clémence encore exerce ses bienfaits;
Et ce Néron moderne, auteur de tant de crimes,
Respire.... Grâce à vous, Potentats magnanimes!
De vos sages conseils, malgré le cri d'horreur,
Sans doute il est sorti cet acte de faveur.
Espérant les remords, la haute Providence
Conserve à ce tyran la féroce existence.
Dans une île lointaine, à jamais prisonnier,
Il traînera ses jours ce lâche aventurier.
Tel est l'*ultimatum* de l'Europe indignée,
Et la peine trop douce au parjure infligée.

Déjà part le vaisseau dit le *Northumberlant*,
Du crime et du fauteur, chargé du poids sanglant;
Eole et l'Océan, témoins de son passage,
De l'horreur qu'il inspire, entrent tous en partage;
L'aquilon déchaîné, les vagues en courroux,
Au navire ébranlé, portent les plus grands coups;
La foudre et les éclairs, d'accord avec l'orage,
Semblent tous conjurés pour un prochain naufrage.
Mais la mer devient calme.... O ciel! tu ne veux pas
Que sur cet élément il trouve son trépas.

Dans un affreux séjour, pour expier ses crimes,
Il verra, le brigand ! l'ombre de ses victimes ;
Le tigre.... tourmenté par l'accent douloureux
De ce Prince chéri, né d'un sang vertueux (2),
En vain cherchera-t-il où reposer sa tête,
L'assassin ! l'ombre est là jour et nuit toujours prête !
Oui, oui, vil assassin ! l'ombre chère aux français,
Sur tes pas criminels, marchera désormais,
Et te dira : « Pourquoi violas-tu l'asile,
» Où le saint droit des gens me retenait tranquille ?
» Par de fourbes moyens, tu m'arrachas, cruel !
» Et mon corps fut bientôt frappé du plomb mortel !
» A l'ombre de la nuit, et sans forme légale,
» Je péris sous les coups de ta rage infernale !
» Souillé d'un premier crime, ingrat, usurpateur,
» Sur le trône des lys, t'asseyant sans pudeur,
» Tu fis un second pas, et, par un nouveau crime,
» Le fils du grand Condé succomba ta victime ! »
Mais le navire approche ; on voit dans le lointain
Le repaire escarpé de cet homme inhumain,
Du tigre rugissant sous le poids de ses chaînes :
Qu'*on le porterait mort dans l'île Sainte Hélène.*
Lâche, il tient à la vie ! encor dans le trajet,

De s'abreuver de sang, rêve-t-il le projet!
En vain il se repaît d'un espoir inutile,
L'œil divin et vengeur veillera dans son île;
Et s'il s'en échappait, ô trop fâcheux destin,
Tout français volerait pour le frapper soudain:
Oui, les amis du Roi (chacun de nous le jure),
Courraient sus, et son corps des vautours la pâture,
Par lambeaux déchiré, juste fin du cruel,
De ses chauds partisans, serait le coup mortel;
Et la France et l'Europe, en parfaite harmonie,
A ces mots: *il n'est plus ce fléau de la vie*,
Alors cimenteraient cette belle union,
La force et le bonheur de toute nation.
  Le navire est à bord, et déjà sur le sable,
La mer en deuil vomit ce monstre abominable.
A l'aspect de cette île, une affreuse pâleur,
Sur un front tout sanglant, offre un tableau d'horreur:
Ses pas sont chancelans, sa douleur et sa rage,
D'un tyran abattu, sont la frappante image;
Il gravit le rocher; pour déchirans supports,
Il n'a que ses forfaits, et ses cuisants remords!
Des remords! en est-il pour l'être antropophage,
Qui fait du sang humain son unique breuvage?
Quoi! cet usurpateur, un traître, un assassin,

Ce parjure à son Roi, ce Bonaparte enfin (3),
Ressentir du regret, verser de franches larmes !
Non, non, c'est le dépit d'avoir perdu ses armes,
De se voir dépouillé de tous signes vengeurs !
C'est du sang, c'est du sang qu'il faut à ses douleurs !
Monstre ! te voilà donc dans l'antre que tes crimes
T'assignent pour jamais ! tes nombreuses victimes,
Par des cris de vengeance, au fond de leurs tombeaux,
De ton ame féroce, oui, seront les bourreaux !
Les ombres par milliers, sur les bords de son île,
Du tigre désarmé cernent déjà l'asile,
Sortant, pour l'attaquer, du ténébreux séjour,
A ses regards hideux, se montrant tour à tour.
Voyez ces jeunes gens que, dans la fleur de l'âge,
Le monstre a décimés pour assouvir sa rage :
» A peine, disent-ils, à nos dix-huit printemps,
» Eh quoi ! tu nous ravis à de tendres parens ;
» Dans un deuil éternel te jetas père et mère
» Dont nous étions l'espoir et l'appui tutélaire.
» Exécrable à leurs yeux, ah ! sans rémission,
» Reçois de nos parens la malédiction ;
» Et pour nous, devenus innocentes victimes,
» Que l'enfer, scélérat, te plonge en ses abîmes ! »
Mais qu'aperçois-je au loin ? un officier français,

Chéri par ses vertus, connu par ses hauts faits (4),
Des fils du grand Henri, défenseur mémorable,
Qui fit dans un cachot une fin déplorable.
Déjà l'ombre s'avance ; à l'aspect du tyran,
Cette ombre, d'un ton ferme et d'un air rayonnant :
« Que fais-tu dans ces lieux? toi, dont la longue vie
» Fut un tissu d'horreurs, d'affreuse tyrannie!
» Assassin par devoir, cruel avec bonté,
» Qui te plais dans le sang.... Ah ! la Divinité
» N'a pas encor frappé ta tête mensongère,
» Et d'un tigre purgé tout ce grand hémisphère.
» Conduit par des motifs trop nobles et trop doux,
» Le ciel a suspendu l'effet de son courroux.
» Pourquoi, tyran fameux, atteint par tes sicaires,
» M'as-tu fait étrangler? Tes décrets sanguinaires,
» Pour un assassinat, manquaient-ils de rigueur?
» Et pouvais-je échapper à ton arrêt vengeur?
» Oh ! non, mais tu craignais que ma bouche sincère
» Ne renversât, brigand, ta puissance éphémère.
» Ton crime consommé, tu répands le faux bruit,
» Qu'au temple Pichegru s'est pendu dans la nuit.
» Bientôt dans tout Paris, cette atroce nouvelle
» Vole de bouche en bouche, et passe pour réelle.

» O forfait inoui !... Mais les amis du Roi,
» A ton mensonge affreux n'ajoutent nulle foi.
» Il te fallait, du vrai donner quelque apparence;
» La faculté survient, puis, dans sa conscience,
» Proclame un homicide, et, dans sa gravité,
» Dit que de l'examen brille la vérité.
» Cet avis te déplaît, tu veux un suicide;
» La faculté, tyran, en faveur se décide.
» Bien coupable celui qui se donne la mort;
» L'homme sage l'attend, obéit à son sort.
» Certes, je conspirais... Louis et la Patrie,
» A mon cœur répétaient : frappons cette furie!
» Mais tu m'otas la vie.... il me reste l'honneur;
» Et toi, dans l'univers, tu n'es qu'objet d'horreur!
» Ah! puisses-tu vivant, avec un cœur barbare,
» Eprouver dans ce lieu les tourmens du Tartare! »
Ils accourent aussi les *George*, les *Moreau* (5),
Ces ames d'un sang pur, victimes du bourreau :
« Tyran, où t'ont conduit tes conquêtes sans gloire?
» Jadis on te nommait l'enfant de la victoire;
» A tort te donnait-on ce titre glorieux,
» Digne du grand Turenne, aux soldats précieux.
» Naguère, on te disait un homme à grand génie,

» Brigand, tu fus habile, oui, mais en tyrannie!
» Si, des français par toi nommés *chair à canon*,
» Les ennemis faisaient douloureuse moisson,
» Tu semblais triompher. A l'aspect du carnage,
» Dont l'horrible tableau révoltait l'homme sage,
» Alors tu t'écriais sans remords ni douleur :
» *Beaucoup d'hommes encor*, *Bonaparte est vainqueur!*
» Hélas! mais à quel prix? ô victoire bien chère!
» Des hommes par milliers mordaient tous la poussière.
» D'une simple retraite, inhabile dans l'art,
» Tes succès étaient dus au grand nombre, au hazard.
» Que t'importait des morts le calcul innombrable?
» Vaincre ou mourir était ton arrêt exécrable!
» Et s'ils capitulaient ces généraux humains (6),
» Bientôt ils succombaient sous tes coups assassins;
» Par un acte honorable ils conservaient la vie
» A de braves français, et de ta tyrannie,
» A l'Europe en courroux, ils voilaient la noirceur!
» Mais le sang, mais le sang faisait ton seul honneur.»
Les *George*, les *Moreau*, d'un air de raillerie (7) :
« Sire, les bords charmants de la Seine fleurie,
» Vous les avez quittés! A l'aigle aux cris sanglants,
» Des rats et des souris vous préférez les chants!

» Qu'il sera doux ce règne ! en cette espèce impure
» Réside vrai bonheur, fidélité bien pure.
» Dans les rats, choisissez vos gardes vigoureux,
» Et suivez des souris les conseils lumineux. »
Il se tait, le tyran, à ce dur persiflage;
Tout consterné, tout pâle, il renferme sa rage;
Ces ombres lui livrant de plus rudes assauts,
Disent : « Ah ! puisses-tu, par des tourmens nouveaux,
» Avoir, de tes forfaits, le repentir sincère,
» De ces forfaits nombreux dont tu souillas la terre,
» De ce forfait naguère, où, dans ton noir courroux,
» Tu nous frappas, tyran, de tes injustes coups !
» Des hommes, sous le joug, doués d'une belle âme,
» Qu'il est beau d'en trouver, que la patrie enflamme !
» Qu'il est beau de chercher, sous les lois de l'honneur,
» De vaincre pour son Roi, d'abattre un oppresseur !
» Certes, dans ce projet, eh quoi ! de plus auguste,
» Dans ses droits il rentrait, ce Roi désiré, juste,
» Qui, du peuple français, comble aujourd'hui les vœux.
» Il te fallait, tyran, dans ces momens heureux,
» Réparer tes forfaits et tenir tes promesses (8),
» Notre monarque alors t'eût couvert de largesses;
» Par la France honoré du beau titre de *Grand*,

» Ton nom sur les deux mers et sur le continent,
» Eût désormais couru, volé de bouche en bouche.
» Mais trop ambitieux, homme fourbe et farouche,
» Dans ton cœur corrompu cachant tous les défauts,
» Aurais-tu fait le bien, toi l'auteur de tous maux,
» Qui, de Machiavel, imbu du noir système (9),
» *Broyer du sang*, dis-tu, maintient le diadême (10);
» De ce principe affreux, horrible sectateur,
» Aurais-tu, des beaux lis, ranimé la fraîcheur?
» Non, non; et tout-à-coup tu lances tes sicaires,
» D'un tyran ombrageux les êtres nécessaires.
» Déjà Paris cerné, ta garde en mouvement,
» D'un complot soupçonneux, sont le pressentiment;
» On se parle, on se tait, et sur chaque visage
» Se peint de gens inquiets la douloureuse image;
» Le voile se déchire, et le bruit se répand
» Que l'on doit de tes jours trancher le fil, tyran!
» Plut à Dieu, sous ton joug, que la France asservie,
» Eût secondé nos plans, dans cette trame ourdie!
» A l'instant dans Paris, grande agitation;
» On cherche les auteurs de cette faction;
» On nous saisit enfin, et de chaînes pesantes
» On nous charge bientôt, victimes innocentes!

» A ton injuste arrêt, dit le sage *Moreau*,
» Je pouvais échapper; mais le sang de nouveau
» Eût coulé par torrents, et j'en étais avare :
» Calme, je me soumis à ton ordre barbare.
» De nombreux partisans, de vrais amis du Roi,
» Attendaient mon signal; leur amour, ton effroi,
» Eussent frappé, tyran, ta tête meurtrière,
» Et de l'aigle sanglant renversé la bannière!
» O Dieu juste! pourquoi n'as-tu pas abattu
» Celui dont la terreur fit pâlir la vertu?
» Dans tes décrets divins, modèles de sagesse,
» Sont fixés les grands jours et l'heure vengeresse ».
Des soldats égarés, victimes à leur tour,
Arrivent par milliers dans le triste séjour.
Déjà nouvelle attaque; et des cris de vengeance
Sont l'effroi du parjure; il rompt un noir silence,
Et dit à haute voix : *Allons, grand maréchal,*
N'entends-tu pas, fuyons, le sceptre impérial
Dès long-temps est en butte au coup le plus terrible,
Qui, de notre bonheur, trouble l'Etat paisible.
Le tyran se levait; sur le champ, par le bras,
Il est pris sans pitié : Brigand, tu resteras!
De notre bouche, apprends des vérités cruelles,

De dures vérités : « A notre Roi rebelles,
« Nous avons, tu le sais, quitté le drapeau blanc,
» Pour arborer celui du désordre et du sang !
» Ah ! qui nous a trompés ? qui ?... c'est toi, toi, parjure !
» L'ennemi, le fléau de toute la nature !
» Pourquoi, nous rassemblant sous tes signes d'horreur,
» Nous as-tu fait accroire à la paix, au bonheur ?
» Mais quel droit avais-tu de ceindre la couronne ?
» Elle est à notre Roi, la vertu la lui donne.
» De faux traités conclus, tu fascinais nos yeux !
» *Les Rois*, nous disais-tu, *sont tous d'accord entr'eux ;*
» *Du retour de ton fils, d'une épouse victime*,
» Tu semais le faux bruit ; mensonge et nouveau crime !
» Pour éteindre l'amour du français pour son Roi,
» Tu le trompais encore, homme sans bonne foi !
» *Bientôt*, lui disais-tu, *sous la dîme abolie*,
» *La France malheureuse allait être asservie.*
» Fallait-il donc, ô monstre échappé des enfers,
» En plongeant nos cœurs droits en des sentiers pervers,
» Armer nos bras trompés de la foudre parjure,
» Et nous rendre odieux au ciel, à la nature !
» Quoi ! tu nous détournas, par des sermens trahis,
» Du chemin de l'honneur, la bannière des lis !

» A peine arrivions-nous sur le champ de bataille,
» Que le carnage affreux, le canon à mitraille,
» De nos corps palpitants, déchirés en morceaux,
» Dans les airs parsemaient les effrayants lambeaux!
» Brigand, tu prends la fuite, et ta folle entreprise
» Brise à jamais ton sceptre; enfin par cette crise
» Ils ont ouvert les yeux, ces courageux soldats
» Qui te maudiront même au delà du trépas.
» Pour nous de tes forfaits complices bien coupables,
» Apprends, quoique trop tard, nos vœux bien véritables:
» Sur terre, ah! puisses-tu toujours vivre en horreur,
» Et du ciel éprouver le châtiment vengeur. »

De même qu'un vaisseau battu par un orage,
Privé de matelots, sans mât et sans cordage,
Se brise avec éclat, vogue ensuite aux hazards,
Sans espoir, sans secours, fait eau de toutes parts,
Il lutte, mais en vain; l'élément redoutable,
Du navire ébranlé, voit la fin déplorable.
Tel est ce Bonaparte, ou cet aventurier,
Dans l'île Sainte Hélène à jamais prisonnier;
Aux prises jour et nuit avec sa conscience,
Il a devant les yeux des morts le nombre immense,

Portant à ses remords de terribles assauts,
Remords ses seuls appuis et ses justes bourreaux.
 Il est donc terminé cet affreux et long drame,
Ce règne dont le mot révolte encore mon ame,
Ce règne où dans le deuil on voyait les vertus,
Sur le trône le crime ! Ah ! ce règne n'est plus !
Rappelle-toi, tyran, au fond de ton repaire,
Du sang et des tombeaux dont tu couvris la terre !
Rappelle en ton esprit, ces pactes violés,
Et la foi des sermens que tu foulas aux pieds !
Rappelle-toi sur-tout des cris de cette mère
Dont tu prenais le fils ; des larmes de ce père
Qui se trouvait privé de son dernier espoir !
L'hymen et la pitié, rien n'a pu t'émouvoir !
Patrie, honneur, devoir, vertu, foi conjugale,
Tu les as tous souillés, infâme Cannibale !
En horreur aux français, à tout le genre humain,
Quel est donc ton espoir ? te venger ! c'est en vain !
Ah ! plutôt, de ce Dieu dont la grâce est immense,
Appaise le courroux, implore la clémence ;
Par un vrai repentir, marque tes derniers jours ;
D'une vie odieuse, achève en paix le cours.
 Après vingt-cinq hivers du plus sanglant orage,

La France enfin renaît sous un ciel sans nuage ;
Les vertus sur le trône, à l'ombrage des lis,
Ramènent les beaux jours et les jeux et les ris ;
La paix, la douce paix, aurore d'allégresse,
D'un bonheur sans mélange, est la juste promesse.
O toi, du grand Henri le digne descendant,
Puissant Roi, des vertus le tableau consolant,
Reçois, des bons Français, le vif et pur hommage ;
Nos cœurs te sont voués, nos bras, notre courage !
Et malheur, oui, malheur à l'être audacieux
Pour oser attenter à tes jours précieux ;
Tout bon français alors animé d'un saint zèle,
Grand Roi, courrait se joindre à ta garde fidèle,
Te faire de leurs corps un rempart assuré,
Et mourir en sauvant Louis le Désiré.
Mais qui pourrait ourdir ce complot trop infâme ?
Celui qui l'oserait, ta bonté, ta belle âme,
Le frapperait, grand Roi, d'un repentir soudain ;
L'instrument aussitôt tomberait de sa main !
Et cet être égaré, désarmant ta colère,
Tu le pardonnerais comme un généreux père.
Loin de nous cette idée ! Ah ! puisses-tu long-temps
Régner sur tes sujets, ils sont tous tes enfans !

Monarque vertueux, puisse ta longue vie,
De bonheur sur le trône être toujours suivie!
Jouis de ton triomphe et des fruits de la paix,
Que goûte un peuple heureux par tes nombreux bienfaits!
Puisse le ciel enfin combler notre espérance!
Tels sont les vœux, grand Roi, de cette belle France.

Et toi, noble Duchesse, ah! reçois dans ce jour
Des fidèles français et l'hommage et l'amour;
Fille d'un Roi martyr, courageuse Antigone,
Tu te montras sans crainte aux ennemis du trône!
Nouvelle Jeanne d'Arc, des soldats factieux,
Tu bravas la fureur, les cris séditieux;
Tes discours menaçans, et ta douce éloquence,
Retinrent en suspens leur barbare démence;
Le respect et ton nom, tes vertus, ton sang-froid,
Semèrent un instant dans ces hommes l'effroi.
Déjà croît le danger; de t'éloigner, Princesse,
Les yeux baignés de pleurs, on t'invite, on te presse;
Tu pars, mais à regret, et bravant leurs fureurs :
Vous répondrez, soldats, leur dis-tu, *des malheurs*
Qui plongeront en deuil notre ville fidèle;
Oui, vous m'en répondrez, troupe lâche et rebelle!
Tu reparais enfin; dans la France, à Bordeaux,

Tes pas offrent par-tout des triomphes nouveaux;
L'ivresse est à son comble, elle est universelle;
Tu sembles, à nos yeux, et plus grande et plus belle!
Sois long-temps d'un bon Roi la gloire et le bonheur;
Par tes hautes vertus, tu règnes sur son cœur!
Puisse le ciel, sensible à notre humble prière,
Dans le sein du repos, prolonger ta carrière!
Vous, Princes adorés, d'Artois, Berri, Condé,
De la fille d'un Roi, toi l'époux fortuné;
Vous tous, dans les cent jours de trop cruelle absence,
Qui, bravant les dangers, avez sauvé la France,
O Princes vertueux, des cœurs reconnaissants,
Agréez en ce jour les justes sentimens;
De Louis, soutenez l'éclatant diadême,
Nos cris seront toujours : *Vive le Roi, quand même....*
Tels sont de tous Français les sincères accens :
Vivent du grand Henri les nobles descendants.

VIVE LE ROI!

NOTES.

(1) Bonaparte, né à Ajaccio en Corse, d'une famille obscure et sans fortune, par la protection de M. le comte de Marbœuf, alors gouverneur de l'île, fut placé à l'Ecole Royale Militaire de Brienne. Par la bienveillance de Louis XVI, Roi de France et de Navarre, il entra à l'Ecole Royale Militaire de Paris, d'où il sortit avec le grade de sous-lieutenant d'artillerie, dont le gratifia ce Monarque bienfaisant.

Un pareil acte de faveur devait faire de Bonaparte un officier reconnaissant et tout dévoué à son Roi. Mais non ! la révolution française donne bientôt l'essor aux destructeurs comprimés de l'ordre social ; les brandons d'une guerre aussi injuste que sanglante s'allument dans toute l'Europe ; Bonaparte, bien loin de se réunir à cette immortelle noblesse qui combattait pour le soutien du trône et le salut du Roi ; Bonaparte qui avait reçu de son Souverain les plus signalés bienfaits, mais poussé par l'aiguillon de l'ingratitude, abandonne ce corps respectable, et se lance avec fureur dans les clubs anarchiques ; il se vautre dans la fange de ces orgies séditieuses d'où il ne s'exhalait que des odeurs pestiférées.

C'est en renonçant au prénom de *Nicolas* pour celui de *Brutus*, c'est en vociférant contre le roi et la royauté avec ces fameux partisans de l'indépendance et des idées libérales, enfin c'est en portant les armes contre son Prince dont il se montrait le fils ingrat, que Bonaparte s'éleva aux premiers grades du service militaire, et que dans la suite, sous le masque trompeur de la vertu, il parvint à la dignité la plus éminente de l'Etat, et qu'il usurpa un trône auquel n'avait point renoncé la dynastie légitime des descendans de Saint-Louis.

(2) Monseigneur le duc d'Enghien, petit-fils du grand Condé, vivait retiré à Ethenheim, dans l'électorat de Baden qui était un pays neutre. Là, il s'oc-

cupait de la chasse et de la culture d'un vaste jardin ; mais Bonaparte ne pouvant entendre sans effroi prononcer le nom de Bourbon, et craignant un capitaine qui, jeune encore, lui donnait pour l'avenir des sujets d'alarme, résolut sa perte, et fit sur ce Prince l'essai des atrocités qu'il commit dans la suite sur la famille chérie des Bourbons, à Naples et à Madrid.

Le duc d'Enghien fut arrêté par les ordres de Bonaparte, et transféré incontinent à Paris, où cet infortuné Prince fut assassiné dans les fossés de Vincennes. Comme on l'y conduisait par un escalier étroit, tortueux et obscur, le duc d'Enghien se retournant vers l'officier qui l'accompagnait, lui dit : *Veut-on me plonger dans un cachot? suis-je destiné à périr par les oubliettes?* Non, lui répondit l'officier. Arrivé à l'endroit où le crime devait se commettre, et voyant l'appareil qu'on y avait préparé, le descendant du grand Condé s'écria : *Ah! grâce au ciel, je mourrai de la mort d'un soldat.* Au moment d'être frappé, le duc d'Enghien debout, et de l'air le plus intrépide, dit aux soldats : *Allons, mes amis!* Tu n'as point d'amis ici, s'écria une voix insolente et féroce (c'était celle de Murat); et monseigneur le duc d'Enghien tombe sans témoin, sans consolation, au milieu de sa patrie, à quelques lieues de Chantilly où sa mère le mit au monde, après quarante-huit heures des plus cuisantes douleurs; à quelques pas de ces vieux arbres où le Roi Saint-Louis rendait la justice à ses sujets; et le jeune, le beau, le brave, le dernier rejeton du vainqueur de Rocroi, meurt enfin comme ne mourra jamais son assassin!

Quelques jours après l'assassinat du duc d'Enghien, Bonaparte, au milieu de son sommeil, éprouvait une agitation extraordinaire; ses rêves étaient affreux. Epouvanté, il appelle auprès de son lit les personnes de garde de son palais, afin de le distraire d'une image horrible, et de ne pas, pour ainsi dire, rester tête-à-tête avec son crime.

(3) Bonaparte, après avoir abdiqué une couronne dont il était l'usurpateur,

avait choisi l'île d'Elbe pour sa retraite. Les Puissances de l'Europe, dans leur générosité, y avaient consenti; Louis XVIII était rentré dans ses Etats; la France goûtait, sous les lois d'un gouvernement paternel, les douceurs de la paix et les avantages inappréciables qui l'accompagnent. Dix mois s'étaient à peine écoulés, que le tyran, qui se joue de tous les traités et de tous les sermens, cet homme parjure répand de nouveau dans la France le deuil et la désolation; et celui que le genre humain accuse, ose encore souiller le trône où siége la vertu. Le parjure, chez les anciens, était puni de la peine capitale. Certes, les motifs qui laissent l'existence à ce nouveau Cromwell, ne tiennent pas à une politique dangereuse pour la France : le plus léger doute sur ce point, faisant injure aux magnanimes Souverains de l'Europe, jetterait dans nos esprits une inquiétude déchirante, et porterait dans l'ame un trouble involontaire.

On a discuté plusieurs fois si les Puissances alliées avaient le droit de mettre Bonaparte en jugement; mais la question est résolue d'une manière péremptoire, par tous les actes du congrès, lors de la rentrée de l'usurpateur en France, au mépris de son abdication; elle est résolue par l'*ultimatum* qui lui assigne l'île Sainte Hélène pour dernière demeure, sous la surveillance des commissaires que chacune de ces Puissances y a envoyés.

(4) Le général Pichegru fut lâchement étranglé dans les prisons du Temple, par les ordres de Bonaparte. Ce brave militaire voulait sincèrement le retour des héritiers de la couronne sans tache : aussi notre Roi le bien-aimé Louis XVIII a-t-il ordonné qu'il lui fût élevé un monument en reconnaissance de son dévouement à la cause royale.

(5) La confiance dont jouissait Moreau, l'estime que ses talens et ses vertus lui ont acquise en France et parmi les soldats, excitaient à un tel point l'affreuse jalousie de Bonaparte, et lui portaient un si grand ombrage, qu'il

voyait dans ce brave général un ennemi dangereux qui pourrait le renverser de son trône usurpé. Ce tyran le fait arrêter comme conspirateur; son infâme projet était de l'assassiner juridiquement, comme les *Georges* et tant d'autres qui ont payé de leurs têtes un courageux et légitime dévouement; mais son exécution aurait mis en danger l'existence individuelle de Bonaparte. La déportation dans les Etats-Unis fut le crime modéré dont il se souilla envers le vertueux Moreau, et la fortune de ce dernier servit à subvenir aux frais énormes que coûta cet odieux procès.

Le général Moreau était attaché aux descendans de Saint-Louis, et le retour d'un Roi cher à son cœur formait l'objet de ses vœux les plus ardents, et de ses actions les plus courageuses. Le tyran lui demandait un jour son opinion sur la famille des Bourbons; Moreau en fit un éloge si vrai, si énergique et si étendu, que Bonaparte le quitta comme un furieux, et se renferma dans son cabinet. Peu de temps après, l'arrestation et l'assassinat du duc d'Enghien reçurent un effet aussi prompt qu'inespéré.

Le brave Moreau prouva, dans la guerre de 1814, que la chute du tyran, le règne paternel de Louis XVIII, et la paix dans sa patrie, étaient son unique boussole dans ses opérations militaires. S'étant réuni à l'armée des alliés qui s'avançait rapidement pour abattre ce colosse sanguinaire, il offrit ses services à l'Empereur de Russie qui l'honorait de sa bienveillance. Admis dans ses conseils, le général Moreau dirigeait les mouvemens de l'armée que commandait ce magnanime et vertueux Potentat; les plans que ce nouveau *Sulli* proposait, marqués du sceau de la prudence et du génie, étaient suivis dans tous ses points; mais un boulet vint l'arrêter au milieu de ses succès. La France et l'Europe verseront long-temps des larmes sur la tombe de cet officier aussi distingué par ses douces vertus, que recommandable par ses talens militaires.

(6) La défense de Flessingue était impossible; des sacrifices considérables, des pertes immenses, auraient été inutiles; le résultat n'en serait devenu que

plus désastreux pour la France. Les généraux Marescot et Dupont firent une capitulation dont l'honneur français n'eut point à rougir. Bonaparte en est instruit ; ces deux braves officiers sont arrêtés, et les plus noirs cachots deviennent la récompense de leur habile humanité. Le général Marescot est détenu à Montaigu, et le général Dupont à l'Abbaye. Le tyrannique projet de Bonaparte était de les immoler à sa vengeance (car juger et condamner sont *unum et idem*). Sa haute Cour allait être convoquée, mais, peut-être pour la première fois, il adopta l'avis de son conseil où se trouvaient quelques hommes sages et éclairés, et il se contenta de les exiler, le premier à Tours, et le second à Strasbourg.

Une anecdote que l'on a entendu sortir de la bouche du général Marescot, va prouver que cet officier distingué avait autant de mérite et d'humanité que le tyran était insensé, inhumain et prodigue du sang des soldats. Bonaparte accablait un jour le brave Marescot des reproches les plus violens, parce qu'il avait signé la capitulation de Flessingue. Ce général, avec cette fermeté et ce sang-froid qui lui étaient ordinaires, répondit à Bonaparte : « Trente mille » braves étaient menacés d'une mort inévitable et inutile, je devais les sauver, » les lauriers de votre gloire allaient être flétris, il fallait du moins leur con» server un reste de fraîcheur ». *Je me f... bien de trente mille hommes*, répliqua le tyran écumant de rage, *trente mille autres étaient là ; le canon et la mitraille les eussent-ils moissonnés, trente mille brûlaient encore du désir de cueillir d'invincibles lauriers, etc.... etc.... etc.... Quant à ma gloire, des torrents de sang l'auraient cimentée, et mes drapeaux victorieux eussent toujours flotté sur les tours de Flessingue.*

(7) L'île Sainte Hélène, dans l'océan atlantique, vis-à-vis la côte occidentale d'Afrique, fut découverte le 21 mai 1502, jour de la Sainte de ce nom, par un amiral portugais : elle est située à 1800 lieues de Paris. D'énormes

piles de rochers escarpés et nuds lui forment un rempart naturel, et servent de support à un groupe de montagnes, dont la plus haute, appelée *Pic de Diane*, où l'on va construire le repaire qui doit renfermer Bonaparte, a 2692 pieds d'élévation. On aperçoit l'île Sainte Hélène à plus de vingt lieues en mer; tout atteste qu'elle est le produit d'un feu souterrain ou de quelque grande convulsion du globe; les flammes sont encore peintes sur le flanc des escarpemens. C'est ainsi que Bonaparte, cet homme qui pendant vingt ans avait marqué sa route dévastatrice par le feu et le sang, aura maintenant son siége au haut d'un volcan éteint. Cette île a, disent les voyageurs, un peu plus de trois lieues de long sur deux et demie de large, et neuf dans sa plus grande circonférence. Les parties voisines de la côte rebutent l'œil par leur stérilité; mais les éminences de l'intérieur sont fertiles et coupées de vallons et de plaines riantes. Les fruits y sont abondants; les forêts sont couvertes d'orangers et de citronniers, etc. Il y a en quantité du gibier, des oiseaux, de la volaille et du bétail qui est sauvage. L'air y est pur; l'hiver, dont la durée n'est que de deux mois, est doux, la chaleur très-supportable. Parmi les animaux incommodes, on y remarque de monstrueuses araignées et de grosses mouches; mais les chenilles, les rats et les souris, qui s'y trouvent en grande quantité, sont les plus grands et les seuls fléaux du pays. Les hollandais et les anglais ont pris et repris successivement l'île Sainte Hélène; elle appartient maintenant à ces derniers depuis l'année 1673. Sa population se monte au plus à 2500 ames, y compris 600 nègres et une garnison de 500 hommes.

(8) Bonaparte revenait en France après sa fameuse expédition d'Egypte où il avait perdu une grande partie de son armée. Les anglais, qui étaient en croisière, se saisirent du vaisseau sur lequel il était monté, et Bonaparte devint leur prisonnier. Mais les moyens trompeurs et fourbes dont il se servit pour échapper des mains de ces insulaires, lui réussirent parfaitement. « Les

» français, leur dit le corse, sont fatigués de tous ces fantômes de gouver» nemens qui se sont formés et qui se sont détruits successivement; mes exploits » militaires dont ce peuple est encore enivré, m'ont acquis leur confiance. Je » connais l'opinion qui prédomine dans l'ancienne Gaule, et sur-tout dans la flo» rissante *Lutèce;* j'y reviens dans l'intention d'abattre le colosse d'un pouvoir » arbitraire et tyrannique, de profiter même de mon ascendant pour remplir » les vœux des français et pacifier l'Europe; j'y reviens et je jure en face » du ciel et de ce vaste élément, que je veux relever le trône éclatant de » Saint-Louis, et qu'après avoir saisi un instant le sceptre sans tache, je le » remettrai à cette antique et vertueuse dynastie que les orages politiques ont » éloignée de la France ».

Ces belles promesses, les sermens réitérés dont le corse les accompagnait, parurent aux anglais le langage de la bonne foi, et Bonaparte fut rendu à la liberté dont il n'usa que pour exercer un despotisme sanguinaire, et pour se consolider trop long-temps sur un trône que la coalition de l'Europe et l'union des bons français ont renversé pour y rappeler Louis le Désiré et les petits-fils du grand Henri.

(9) Tacite a fait des romans, disait Bonaparte à M. Jacobi, dans son voyage à Aix-la-Chapelle, mais Machiavel est le seul livre dont on puisse se repaitre. Or, on connaît les moyens que Machiavel conseille à ceux qui gouvernent; il enseigne par principes la théorie de tous les crimes, et c'est à ces principes divinisés par Bonaparte, que sont dus l'assassinat du duc d'Enghien, le procès de Moreau, la guerre d'Espagne, etc. etc.

Un homme digne de foi raconte de Bonaparte une anecdote qui explique parfaitement sa conduite politique, et qui prouve combien la gangrène du machiavélisme avait fait d'effrayants progrès dans son esprit et dans son cœur. L'usurpateur était alors simple officier d'artillerie, et ce qu'il disait en s'entretenant avec quelques hommes de la révolution, laissa entrevoir l'ambition dont son ame était dévorée. « Bonaparte, s'écria un de ses camarades, tu es un » ambitieux ! mais c'est en vain que tu crois atteindre aux premières places ! il » est en France des officiers qui ont plus de mérite que toi, et que tu ne » parviendras jamais à éclipser. » *En révolution*, répondit Bonaparte, *tous les moyens sont bons quand il s'agit de parvenir, et la roche tarpéienne est là.*

(10) *Broyer du sang* : expression énergique du célèbre Crébillon. Ce prince des poètes tragiques, travaillant à sa tragédie d'*Atrée*, un de ses amis vint un jour le voir, et l'ayant trouvé tantôt sombre et rêveur, tantôt livré à toutes les fureurs que lui faisait éprouver un sujet aussi noir, il lui demanda ce qu'il faisait : « Ce que je fais, répondit Crébillon, ce que je fais ! tu veux » le savoir ? eh bien ! apprends..., mais qu'un effroi soudain glace tes entrailles ; » apprends que je *broye du sang* ». Ce langage paraît étonnant, car personne n'ignore que Crébillon, dont le crayon était si terrible, était l'homme du monde le plus doux, le plus humain, le plus sociable et le plus tendre qu'on put connaître. Mais ce que disait au figuré ce grand poète pour échauffer son imagination, et pour montrer combien il était pénétré de son sujet, Bonaparte, le féroce Bonaparte l'a mis en action. N'a-t-il pas dit : *je broye du sang*, quand, pour étancher la soif de son ambition, il envoyait à la boucherie des milliers de braves français ; et son règne illégitime, frappé du sceau de la cruauté la plus inouie, n'a-t-il pas été trop long-temps empreint de ce machiavélisme destructeur dont il avait fait la principale étude ?

FIN.

www.ingramcontent.com/pod-product-compliance
Ingram Content Group UK Ltd.
Pitfield, Milton Keynes, MK11 3LW, UK
UKHW020424220726
13923UKWH00005B/2121

9 782019 137861